En la novela se incluyen citas de las siguientes obras: Franz Kafka, *El proceso,* Alianza Editorial, Madrid, 2013. Traducción de Miguel Sáenz; Homero, *Odisea,* Austral, Barcelona, 2012. Traducción de Luis Segalá y Estalella; Edouard Louis, *Para acabar con Eddy Bellegueule,* Salamandra, Barcelona, 2015. Traducción de Maria Teresa Gallego Urrutia.

Título original: *De mon plein gré*

DISEÑO DE COLECCIÓN: © Donna Salama
DISEÑO DE CUBIERTA: © Donna Salama
FOTOGRAFÍA DE SOLAPA: © Laura Bonnefous

IMPRESIÓN: Kadmos
Impreso en España – Printed in Spain

IBIC: FA
ISBN: 978-84-129018-1-8
DEPÓSITO LEGAL: M-24838-2024

Síguenos en:

www.instagram.com/transitoeditorial
www.facebook.com/transitoeditorial
@transito_libros

www.editorialtransito.es

Por voluntad propia

Mathilde Forget

Traducido del francés por Alba Pagán

Para Sol y Marcia
Para Clémence

«“¡Como un perro!”, dijo; fue como si la vergüenza debiera sobrevivirlo».

El proceso, Franz Kafka

1.

Me he entregado a la policía yo misma. Intento quitarme la roña de las uñas, pero está difícil. Siempre queda algo. Necesito una hoja fina como la punta de mis tijeras de acero, las que están al lado del cepillo de dientes, en el lavabo de mi cuarto de baño. Tengo las uñas lo bastante largas para ensuciármelas, pero demasiado cortas para poder sacarme la tierra. Tendría que lavarme las manos. Quiero lavarme las manos. No, no es verdad. La idea no es mía. No estoy pensando que la suciedad sea un problema. Me distrae, eso es todo. Pero cuando he entrado en la oficina, uno de ellos se ha dirigido a mí.

Si quiere puede ir a asearse.

En ese momento le he dicho que no con educación. Luego no podía pensar más que en eso. Sin la fina hoja de mis tijeras, la roña solo va de una uña a otra. La que limpia acaba sucia. Nunca he usado un cortaúñas. Me inquieta que el trozo seccionado salga disparado a no se sabe dónde. Podría usar la esquina plastificada del carné de conducir que está en mi cartera, pero ya no la llevo en la chaqueta. Los bolsillos están vacíos. Cuando observo la roña marrón claro bajo mis uñas, vuelvo a pensar en la frase.

Si quiere puede ir a asearse.

Y al asociar las dos, se ha vuelto una obsesión. El agua, el jabón y la espuma de su encuentro. Si me lo han propuesto es porque debía necesitarlo. Debo necesitarlo. Lo necesito. La verdad es que toda esta mierda en la punta de los dedos es asquerosa. Me la tengo que quitar. Levanto la cabeza y trago un poco de saliva para despertar las cuerdas vocales adormecidas y les pregunto si puedo ir a lavarme las manos. Sonríen y con calma me contestan que ahora no puede ser. Tendría que haber reaccionado antes y aceptar su propuesta. He sido lenta. Me arrepiento. Pero en lo que tarda mi cabeza en volver a inclinarse para mirar mis pies, dejo de pensar en eso. Se me pasan las ganas, quizá porque, para empezar, no venían de mí. No era *visceral*. En el fondo, seguramente me sentí sucia solo porque ellos lo presupusieron. Presuponen, luego existo.

Me he entregado a la policía yo misma. Ha acabado diciéndomelo Jeanne. A mí se me había olvidado. Pensaba que igual habían venido a buscarme a mi casa y me habían sacado por el cuello, esposada. Pero en realidad, esta mañana de domingo, sobre las ocho y media, he venido sola a la comisaría. Por voluntad propia.

Creo que necesita ir al baño.

Cuando me he puesto a limpiarme el anular derecho como he podido, me han vuelto a proponer que fuese al baño. Pero esta vez por otra razón. Con ese tono seguro de que tenía que ir urgentemente, como si fuese una niña incapaz de prever y evitar la catástrofe. He pensado que, a mi edad, sabría si necesito ir. No lo he visto venir y ni siquiera me han preguntado mi opinión. Jeanne me ha agarrado del brazo y me ha levantado de la silla. No ha tenido que insistir para que mi cuerpo la siguiese. Con su mano entre mi codo y mi axila, he sentido contra la piel el frío húmedo de mi sudor. No suelo sudar. No sé si la frase la ha pronunciado ella. No sé si era ella la que quería que fuese al baño. En todo caso ha sido ella la que ha actuado ante mi indecisión.

Creo que necesita ir al baño.

Desde que esto ha comenzado, no consigo distinguir sus voces. El tono me parece idéntico. No sé si lo hacen a propósito, pero hablan cuando no los miro. Y cuando levanto la cabeza para hacerlo, tienen la boca cerrada. No sé si están jugando a un juego o si mi cabeza ya solo sabe mirar hacia abajo y me impide sistemáticamente saber quién me habla. La vergüenza, la de entregarse, me obliga a mirarme los pies.

Nos acercamos al baño después de haber recorrido un pasillo largo. Jeanne me dice adónde ir y se queda fuera. La escucho detrás de la puerta. Me bajo el pantalón y me agarro al portarrollos de la pared para no apoyar las nalgas, porque me da asco. En el váter, mi orina está teñida de rojo. Como si hubiese sangre. Meo un buen rato y sigo mirándome los zapatos. Me doy cuenta de que sí que tenía que ir al baño. ¿Cómo lo sabían? ¿Y qué más saben que yo todavía no sé?

PREGUNTA: ¿Qué fue lo primero que le declaró?

RESPUESTA: Me llamó a las 8:16 desde el móvil. Estaba llorando, muerta de miedo, me declaró que había hecho una tontería.

2.

Bueno, vamos a empezar desde el principio.

Es domingo por la mañana. Octubre es especialmente cálido este año. Hace casi demasiado calor. Por la noche no apetece volver a casa. Se puede salir en manga corta, y las noches también son cálidas, así que hay quienes aprovechan para estirar el verano. Los pantalones cortos deshilachados son como prolongaciones de la acera. Y como no es común escucharlo en esta época del año, una acaba enterneciéndose con el ruido de un par de chanclas de goma. «Se reconoce la felicidad por el ruido que hace al marcharse», decía el poeta. Clap clap clap. Lo que nos molestaba en agosto, nos consuela en octubre. A pesar de la temperatura, llevo zapato cerrado, con los cordones bien apretados. Lo sé. Hace mucho que el pudor me abriga todo el año.

Bueno, vamos a empezar desde el principio.

El Comandante se levanta para abrir una de las dos ventanas y tira sin querer el paquete de tabaco que estaba en el alféizar. Inmóvil, mira hacia afuera. En silencio. Apenas oigo el ruido de la calle. Estoy sorda del oído izquierdo. Y por eso a veces pierdo el equilibrio. Hace falta un oído de cada lado para calcular la horizontalidad de las cosas y mantenerse en posición vertical. Tengo que escuchar de perfil para oír lo que me dice el Comandante. Creo que tengo el tímpano izquierdo perforado. He tardado un poco en darme cuenta, pero ahora está integrado en mi cuerpo. Para oír mejor, giro la cabeza.

Bueno, vamos a empezar desde el principio.

El Comandante se mete una mano en el bolsillo, después la otra. Lentamente. Sin pensar, supongo. El reloj que lleva en la muñeca se le engancha con la tela de los chinos e, inevitablemente, sube un poco hasta el antebrazo. El metal muerde la carne. En ese momento, un poco de saliva despierta mi encía anestesiada, primero en la parte de atrás de la boca, donde están los molares, y después, siguiendo la redondeada mucosa rosa, hasta mis colmillos, donde se para. El sabor del ron todavía no se me ha ido de la lengua y mi nariz expulsa un aire caliente y turbio. Menos denso que el frío, el aire se escapa veloz hacia el techo para quedarse ahí, casi avergonzado de lo que su olor podría contar de la noche anterior. El Comandante debería subirse a su escritorio, levantar el mentón e inspirar con todas sus fuerzas para saber más.

Debe tener una hija de mi edad. Por eso se preocupa. No le gustaría verla en mi situación. Se pregunta cómo he podido hacerlo. Y si le podría pasar a su niñita. Así es, lo primero que nos preguntamos es si lo que nos cuentan podría pasarnos a nosotros. El Comandante está seguro de que a él no le habría pasado nada de esto. Habría actuado de otra forma. No es estúpido. Entonces piensa en su hija. Tampoco es especialmente estúpida, no es eso, no es estúpida, pero él es responsable de ella, por eso lo piensa. ¿Le podría suceder una historia así a su niñita? Una historia que huele a ron de garrafón con cocacola en una botella de plástico. Por ahora, el Comandante todavía me echa veinte años, no aparento ni mi edad ni mi sexo. Las personas que no me conocen se equivocan. Y acaban disculpándose de manera exagerada. Parece ser que es lo peor que te pueden hacer, pensar que eres del sexo opuesto. Hace un tiempo, el camarero de la cafetería de un tren se dirigió a mí como si fuese una mujer, luego un hombre, luego una mujer, luego su mirada me rogó que le revelase por fin el sexo definitivo. Pedí un *croque-monsieur*. El Comandante no tardará en enterarse de que ya no soy una niña. Y eso le tranquilizará, pensará, *bueno, a su edad ya no se puede decir que sea culpa de los padres*. Y, como padre, le tranquilizará. Lo que me pasa no puede pasarle a su hija. La cuida lo suficiente.

El Comandante no ha visto ni oído el paquete de tabaco que ha aterrizado cerca de su pie. Justo al lado. Por el ruido que ha hecho cuando ha impactado en el suelo, diría que quedan unos quince cigarrillos. El Comandante sigue sin ver nada. Yo lo he visto caerse antes incluso de que la caída tuviese lugar, de que el batiente de la ventana lo empujase al vacío. Iba a ocurrir. A menos que el Comandante hubiese tenido unas ganas súbitas de rascarse la oreja o la rodilla. Al interrumpir su gesto, el de abrir la ventana, su mirada, de nuevo en movimiento, seguramente habría visto el paquete en peligro. Lo mismo si un compañero hubiese llamado a la puerta. Si el teléfono hubiese sonado. Si una paloma lo hubiese sorprendido. Si el vecino de enfrente, equipado con unos prismáticos y observando la escena desde el principio, lo hubiese alertado. O si yo hubiese dicho algo. *Comandante, ¿cree usted que a veces es imposible impedir un acontecimiento antes incluso de que ocurra? ¿Cree usted que antes de cada acontecimiento existe una fracción de fracción de segundo durante la que todavía no ha pasado nada pero en la que ya es demasiado tarde?* Miro el paquete rojo en el suelo. Imagino su gruesa suela chafándolo, el papel blando de los cigarrillos agrietándose y liberando el tabaco, los filtros aplanándose. Si el Comandante se gira un poco hacia la derecha para ir a su escritorio, lo aplastará. Seguro. Eso espero. Quiero que con todo su peso machaque cada uno de los pitis. *Cielo, creo que la pregunta no es si es demasiado tarde, sino ¿para qué exactamente es demasiado tarde? Mientras no ha tenido lugar, un acontecimiento puede ser de cualquier naturaleza.* Sus zapatos no se han movido ni un ápice. Todo es posible todavía. La naturaleza del acontecimiento ya la conozco, quince cigarrillos echados a perder, más o menos, un pequeño deseo de destrucción satisfecho. Abro los puños, que se habían cerrado.

En el pasillo, cuando he llegado a la comisaría, un agente de policía me ha hecho dos fotos. Me ha puesto delante de la pared y me ha bajado la capucha de la sudadera negra para que se me viese la cara. Lo ha hecho él mismo. Me ha agarrado del brazo y ha tirado de mí para alejarme un poco de la pared y que la capucha no se quedase atascada detrás de la nuca, para que pudiese deslizarse entre mi espalda y la pared. En la primera fotografía, tengo los ojos y los puños cerrados. Tranquila. Casi como un recién nacido.

Bueno, vamos a empezar desde el principio.

El Comandante cierra la ventana, gira sobre los talones, esquiva el paquete de tabaco, lo ve, lo recoge y se lo guarda en el bolsillo. Fin de la historia. Con la palma de la mano izquierda, recoloca el teclado frente a la pantalla y el plástico chirría. Pero no ocurre nada en el interior de mis dientes. Mis nervios no se crispan. Frunce las cejas cuando se relee y utiliza el cursor del ratón para acompañar la lectura. Entonces, me mira. Me he vuelto a poner la capucha de la sudadera. En el puño de mi manga izquierda, la tela se está deshaciendo y dibuja una especie de explosión, un fuego artificial, una fiesta nacional pegada a un dobladillo desgastado. Es una sudadera vieja que me compraron cuando iba al instituto. Mi cuerpo no abulta mucho más que en aquella época. Ayer, en el último momento, acabé decidiendo que saldría. En el último momento. Y elegí un atuendo para la ocasión. El atuendo de un sábado por la noche, como un par nuevo de calcetines blancos. No estaba segura de ponerme ese blanco resplandeciente en los tobillos, pero Lola me acabó convenciendo. Lola tiene estilo, no se puede negar. Abro los puños. Todavía huelo el tabaco que fumamos anoche. Veo en mis dedos varias colillas apagadas al pie de un banco en un parque. El Comandante debería acercarse a olfatearme.

En la segunda fotografía que el agente de policía me ha hecho en el pasillo tengo los ojos abiertos. En la oficina del Comandante, el reloj rojo marca las nueve y dieciséis. Es domingo, día de descanso, o de resurrección. Quizá ambos. Uno detrás de otro. Como esas fotos en las que se ve primero mi rostro dormido, luego despierto, pero diferente. Entre las dos fotos, ¿he abierto los ojos porque me lo pidieron?

Bueno, bueno, bueno, bueno, bueno, vamos a...

Algunas personas definen el inicio de sus relatos antes de empezarlos de verdad y por el camino añaden detalles en cada esquina de una frase; crean así odiseas interminables. «Ya en aquel tiempo los que habían podido escapar de una muerte horrorosa estaban en sus hogares, salvos de los peligros de la guerra y del mar; y solamente Ulises, que tan gran necesidad sentía de restituirse a su patria y ver a su consorte, hallábase detenido en hueca gruta por Calipso, la ninfa veneranda, la divina entre las deidades, que anhelaba tomarlo por esposo». Así empieza la de Homero. En ese momento, pensando en Ulises, vi la mancha en mi pantalón.

Al constatar la espuma amarillenta del contorno, comprendí que ya había tenido tiempo de secarse. Me había meado encima. Y ese pantalón no era mío.

PREGUNTA: ¿Qué oyó aquella noche?

RESPUESTA: No oí nada aquella noche. La jovencita es simpática a pesar de que no siempre saluda a mis hijos. Tengo cuatro.

3.

Si él le había metido la mano en la boca, no podía estar agarrándola.

A pesar de las apariencias, la frase del Comandante es una pregunta. Mientras espera una respuesta de mi parte, inmoviliza los dedos a un par de centímetros sobre el teclado e interrumpe un instante el tac tac tac de las teclas que golpetea con energía. Es un teclado antiguo, cuyo relieve exagerado recuerda la época de los discman y de Jacques Chirac. Después de inmovilizar los dedos, me mira. Espera una respuesta. El Comandante es alto y esbelto. Debe medir cerca de 1,90. Yo le llego al esternón. Lo sé porque, al llegar a la comisaría, casi me acurruco en su torso sin previo aviso. Lleva una camisa con un estampado discreto que se recoloca de vez en cuando dentro del pantalón, metiendo barriga exageradamente, aunque no abulte. No tiene una cara muy particular. Su altura podría ser su particularidad física. Si se subiese al escritorio, su cabeza tocaría el techo. Su extrema delgadez podría ser su particularidad física, que se nota cuando está rodeado de sus compañeros robustos, como Jeanne, que lleva los antebrazos tatuados. Jeanne es particular.

De vez en cuando, ajusta la distancia entre su cuerpo y el escritorio con pequeñas sacudidas de pelvis. Las ruedecitas de su silla son viejas, o puede que la materia del revestimiento del suelo se enganche. Una silla con ruedas que rueda con dificultad es una experiencia insoportable. Es una visión insoportable. No consigo definir con precisión el color del suelo de la oficina del Comandante. Se compone de múltiples manchitas y cambia según la distancia desde la que se mira. Reconsidero el de las baldosas de la entrada de mi piso, siempre pensé que eran grises. La sangre resaltó el color rosa palo. La sangre era roja, brillante, bonita. Después marrón, mate, deprimente, cuando los compañeros del Comandante le hicieron las fotos. Una vez seca, la sangre pierde la soberbia y acaba teniendo la apariencia de los vestigios de un desayuno de tostadas con nocilla.

¿A partir de qué momento tengo que contar?

No intento escapar a la justicia, es solo que lo he olvidado. Cuando he llegado a la comisaría esta mañana, he preguntado si podía ver al capitán, al inspector, al detective, al jefe, al superior. Ya sabía que mi asunto era grave. La comisaría está debajo de mi casa, en la misma calle. He abierto la pesada puerta gris sobre las ocho y media. Soy una desgraciada que se entrega. No suele pasar, pero a veces el culpable se entrega. Quizá motivado por el peso de la culpabilidad, quizá después de haber asimilado la idea de la deuda con la sociedad. Para darle sentido. Y a veces, el que comete el crimen afirma no ser culpable. Ha matado, pero no ha sido culpa suya, dice: si reescribimos la historia todos juntos, con calma, desde el principio, la sociedad entenderá que se vio obligado a cometer el crimen, que no es culpa suya. Lo que falla no es él.

Si él le había metido la mano en la boca, no podía estar agarrándola.

No es la sintaxis, sino el tono lo que pone de manifiesto la pregunta. Es desconcertante que el Comandante espere una respuesta de mi parte respecto a algo que él afirma. Es la forma que tiene de dirigirse a mí como diciendo, *yo no digo nada.* Es imposible decir algo sin decirlo. Quiero decir que yo ya lo he intentado y es imposible. Se podría pensar que fingir una interrogación suaviza la afirmación porque permite al otro dar su opinión, pero no es así, es todavía más autoritario que una afirmación concluyente. Ese breve lapso de silencio que sugiere la posibilidad de una respuesta de mi parte ya no me abandonará, está bloqueado en mi cabeza como un espacio donde nada, nunca nada puede resolverse, pero donde siempre lo intentaré. Este Comandante es horrible.

Si él le había metido la mano en la boca, no podía estar agarrándola.

Tengo las manos pequeñas. En proporción al resto, que también es pequeño. Si me subiese al escritorio del

Comandante, con los brazos estirados hacia arriba, no llegaría a tocar el techo. Soy de sexo femenino, pero parezco un niño de sexo masculino, eso es todo. En mi piel fina se transparentan venas verdeazules a menudo hinchadas, poco elegantes. Me recuerdan a los riachuelos de las montañas que crecen durante el deshielo. En invierno, el cauce del canal que pasa por la casa de mi abuela está vacío, es su contribución al blanqueamiento de las cimas. Lo primero que aparece es el rastro que deja el agua. Como si fuese la sangre que a veces fluye abundante por las venas. Ahí arriba, en las montañas, nadie me hace preguntas. Porque, en general, el esfuerzo necesario para caminar deja sin respiración a los curiosos hasta el punto de silenciarlos. Por eso me gusta el senderismo, obliga a los charlatanes a elegir.

—Aquella... (jadeo) noche... (jadeo) tu amiga. (jadeo) Habías... ¿me pasas la cantimplora, por favor?

—Toma.

El Comandante se equivoca mucho, me doy cuenta porque aprieta la tecla de retroceso con frecuencia. Se ve cuando borra, borra, borra... No se le da especialmente bien la mecanografía. Cuesta. No le juzgo. Su lentitud me viene bien. Frente a él, farfullo y dudo. Tengo pocas respuestas. Y si quiero ir al baño, me tiene que acompañar un agente de policía. También a mí me cuesta. Así que él, con lo mal que se le da escribir, me consuela. Porque soy una inútil delante de un inútil.

Retroceso, retroceso, retroceso... La mecanografía es una parte importante de su trabajo. Pero para progresar no es suficiente practicar, el Comandante tendría que ir a clase. Si le dedicase entre una y dos horas al día, en un mes mejoraría su destreza. Sus vacilaciones me dejan sola con lo que acabo de decir. Es desagradable. Sus movimientos deberían volverse automáticos, casi inconscientes, para que no tuviera que concentrarse en teclear. Lo más importante es utilizar los diez dedos. El Comandante solo utiliza cinco. Yo solo tres, pero mi trabajo no consiste en teclear. Lo que hago para ganar dinero no requiere ninguna habilidad, ningún dominio. Nada. Y cuando la gente me ve en mi puesto, lo piensa. Piensan que seguramente no sepa hacer nada, si no, estaría haciendo algo más que nada. Yo no estoy segura de eso. No creo que siempre tengamos que hacer lo máximo de lo que somos capaces de hacer. Yo quiero conservar un poco de margen. A primera vista no se ve, porque está escondido en el bolsillo de mi chaqueta negra, pero a veces tengo que utilizar un walkie-talkie. Hay días en los que, si necesito sentirme valorada, llevo el aparato en la mano, bien visible, y me lo llevo de vez en cuando a la oreja fingiendo que se está llevando a cabo una operación de la que formo parte. Las miradas cambian. A decir verdad, y la verdad sea dicha, no es que cambien, es que aparecen. Sin el walkie-talkie en la mano, nadie me ve. Mi trabajo es una capa de invisibilidad.

El Comandante lleva una pistola en el cinturón. Antes de sentarse, la deja en el escritorio. Es una Beretta 92FS. En los

Juegos Olímpicos de Melbourne la Beretta 92FS se llevó el oro y no para de ganar competiciones importantes de tiro al plato. Es gris y tiene dos piezas negras en la empuñadura, acuñadas con el logo de Beretta, tres círculos sobre tres flechas que apuntan hacia el cielo. Durante mucho tiempo pensé que representaban un barco con tres mástiles navegando en el océano. Yo también suelo disparar con ese modelo.

Cuando se lo cuento, mientras él lo mecanografía con dificultad, el Comandante repite en voz alta lo que le digo, apropiándose del «yo». *Estaba* (pausa) *con* (pausa) *una amiga en la plaza de la Bastilla.* Así que para hacerle decir cosas basta con decirlas yo primero.

—Debería ir a clases de mecanografía, pero me da pereza.

—¿Cómo?

Error, no basta. Además, el Comandante no repite nunca exactamente lo que digo, siempre modifica la frase un poco, como sugiriendo lo que quería decir yo en el fondo. Hay gente que hace eso. Como mi prima el verano pasado.

—Ah, quieres decir que no te gusta bañarte cuando hay mucha gente.

—No, no es eso lo que quiero decir, si no, lo habría dicho.

Dije, *No me gustan las playas abarrotadas.* No estaba hablando de bañarme, y aunque estuviese en bañador cuando pronuncié la frase, si no he mencionado el baño, ¿por qué dio por sentado que hablaba de eso? (Mucho tiempo pensé que se decía «dar por sentido», y me gustaba la expresión. Mucho tiempo me equivoqué). Así que el Comandante siempre modifica un poco la frase, para ser fiel al objetivo de claridad que supuestamente compartimos. Eso implica la primera alteración de mi palabra. Le seguirán otras.

—Estaba con una amiga en la plaza de la Bastilla, salíamos de una discoteca.

—Estaba con la señorita Géraldine R. (pausa) en las escaleras borra borra borra de la plaza (pausa) de la Bastilla sobre las borra borra borra dos y media de la madrugada porque queríamos beber la última copa.

Mi palabra también se ve transformada por las precisiones que me pide que haga, y en el acta de denuncia verbal nunca escribe que las hice porque él me lo indica. Cuando leo los testimonios de otros casos, me doy cuenta de que ciertos relatos parecen saltar de una cosa a otra por esa razón:

> *Cada martes voy a buscar a mi hija al colegio sobre las cuatro menos cuarto de la tarde. Está en 1.º de ESO. Su padre y yo estamos separados. La guantera no tiene cerradura. Abandoné la competición bastante pronto. Ya no me gustaba patinar.*

Los interrogatorios son diálogos a los que les han borrado ciertas réplicas, lo cual le da una apariencia mutilada y vaga al discurso del interrogado. Soy quisquillosa. Lo sé.

Pero es un crimen. Las palabras son importantes. La denuncia es verbal.

Si él le había metido la mano en la boca, no podía estar agarrándola.

Podría meterle el puño en la boca al Comandante y preguntarle lo que piensa. A menudo, en las situaciones más intrigantes no nos atrevemos a hacer preguntas. A alguien que se quita el jersey puedo decirle, *Tienes calor*, pero al Comandante nunca le diría, *¿Entonces, de qué soy culpable?*

Si él le había metido la mano en la boca, no podía estar agarrándola.

Tengo los dedos rechonchos, bastos, cierro el puño y los huesos de las falanges proximales me estiran la piel, aparecen cuatro bolas huesudas que a veces se utilizan para saber cuántos días tiene el mes en el que estás. En los huecos, treinta días, en los huesos, treinta y uno. El mes en el que estoy: octubre... un hueso. Me meto una mano en la boca. Lo que me cabe. Si dejo el pulgar fuera puedo devorar hasta el mes de febrero. Del labio inferior se me escapa una baba que me empieza a caer por el mentón. Unas gotas aterrizan en mi otra mano que está cerrada en un puño sobre mi muslo. El Comandante me mira incómodo, vuelve a su pantalla y pasa a la siguiente pregunta.

Cuando he llegado a la comisaría de mi barrio, el agente de policía me ha dicho enseguida que de mi caso se ocuparía una brigada especial. Como mi caso es un delito, se ocupan de él los policías de altos vuelos, de esos que investigan con vaqueros, camisa y chupa de cuero. De los que se comen un bocadillo escondidos en el coche. Me han transferido de una comisaría a otra a 150 km/h, apartando a los coches de la circunvalación interior. Hemos entrado por el sótano y hemos cogido el ascensor, el Comandante, Jeanne y yo con otro agente de policía que se ha quedado en mi memoria como un figurante. Como una silueta, para ser sincera. Seamos sinceras. En el cine, una silueta es un poco más identificable que un figurante y a veces tiene una frase. Pero a veces el montaje es cruel y transforma a las siluetas en figurantes, y a los figurantes en *Oh, no, han cortado mi escena en el montaje.* En el pasillo del segundo piso me han hecho dos fotos y Jeanne me ha señalado la silla donde tenía que sentarme en la oficina del Comandante.

Constatamos la presencia de una marca de «hematoma» a la altura de la costilla derecha. Se tomará un registro fotográfico de esta marca y se pondrá bajo supervisión judicial.

4.

¿Cuál llevaba anoche?

He tenido que decirles quién era el día en que menos segura estaba de eso. Son las 14:57. El Comandante me pide que me quede en la cocina. Obedezco. Desde donde estoy sentada, veo una parte del salón todavía vacía y las baldosas rosa palo del pasillo. Tres hombres hacen algo en la entrada. Cuando salimos de la comisaría no venían con nosotros, ni en el coche, ni en la entrada del edificio. No sé cuándo han llegado. Pero sé que están aquí para inspeccionar mi casa. Dos van vestidos con un mono blanco policromo desechable. Son de la CGPJ, la Comisaría General de Policía Judicial, también conocida como brigada del Tigre. Uno de ellos se acerca al frigorífico y sé perfectamente la decepción que le espera. Porque la puerta se abre del lado contraintuitivo. Tirará un rato de la izquierda, casi ensañándose, antes de mirarme, esperando una explicación. Estoy rezando, rezando con todas mis fuerzas para que tire de la derecha. *La derecha, la derecha, la derecha, tira de... ¡Joder, menudo imbécil! No se puede ser tan gilipollas por el amor de dios, me pongo mala.* Rezo mucho, porque el que intenta abrir el frigo por el lado equivocado me da ganas de golpearme la cabeza (o golpeársela a él) contra la pared.

Se abre del otro lado.

Mi frigo está vacío. Como siempre. No tengo apetito y eso molesta a mis amigos, a mis compañeros de trabajo, a mis amantes. A veces me dejan por eso. Podría comerme un buey para que dejen de dejarme por eso. Un día pagaré caro mi poco interés por la comida. Los dos hombres se pasean por toda mi casa. La brigada del Tigre es impresionante, sí, pero eso no quita que estos dos, con su mono blanco, parezcan más algodones de azúcar que felinos. Uno lleva una cámara de fotos. El otro va poniendo marcadores, conitos amarillos con números, en diferentes lugares. Reúnen indicios, o pruebas, o indicios.

> «El indicio es la demostración de la realidad de un hecho, de un estado, de una circunstancia o de una obligación. Un indicio es una categoría de marca cuya interpretación permite reconstituir un hecho».
>
> Serge Braudo, *Diccionario de derecho privado*

El indicio conduce al suceso que la prueba vuelve real. Sin pruebas, el suceso no se considera real. El indicio implica una interpretación, mientras que la prueba implica una demostración. La diferencia fundamental entre ambos es la ciencia. Lo que el individuo (no científico) interpreta es un indicio, lo que el científico demuestra es una prueba.

Las paráfrasis permiten claridad. Intentemos ser claros. Los ejemplos también. Este, por ejemplo: un vientre redondo es el indicio de un embarazo, la ecografía es la prueba. Los algodones de azúcar reúnen indicios, quizá pruebas. A estas alturas de la investigación, nadie lo sabe todavía. Excepto yo. Cogen mis toallas, las dos, la azul y la verde. Pienso en mis tijeras para la roña de las uñas. No están lejos y me hacen bastante falta.

El tercer técnico lleva un jersey color dulce de leche con una cremallerita en el cuello. Procure no pellizcarse la piel del cuello. Entra en la cocina, donde estoy yo, y pone sus cosas encima de la mesa que tengo al lado. *Voy a tomarle las huellas dactilares*. Rueda cada uno de mis dedos de izquierda a derecha sobre una almohadilla de tinta y repite el gesto en una hoja compuesta de diez casillas blancas. La tinta es negra. Él hace los gestos y yo me dejo hacer. Cuando toma las huellas, ¿siempre es él quien rueda los dedos sobre la hoja? Tengo las manos llenas de polvo negro. Me han tomado las huellas. El polvo deja manchas tenaces en la mesa blanca de la cocina.

—Tiene una casa muy austera. ¿Es usted protestante?

—Gracias a Dios, no. Me acabo de mudar.

Los veo ir de un lado a otro, por todas las habitaciones, para acabar reuniéndose en mi habitación. Apagan la luz y nos sumen en la oscuridad. Los tigres sacan una linterna violeta y peinan con ella el suelo, las paredes y todo lo demás. Me levanto para mirar. El Comandante no me dice nada. Mientras uno pasea la linterna por diferentes superficies, el otro sujeta la cámara, listo para hacer fotos. Mi piso es la escena de un crimen. Se me hace un nudo en la garganta. Vuelvo a la cocina para sentarme. Cojo un estropajo para frotar los rastros de tinta y borrarlos.

¿Cuál llevaba anoche?

Cada vez hay más conitos amarillos numerados. Los seis y ocho indican dos camisetas negras idénticas. Lo cual es problemático.

—Esa.

—¿Está segura?

—No.

—Esto es problemático. ¿Suele comprarse ropa idéntica? ¿Quién se compra ropa idéntica?

—Los hombres de negocios.

—Ah, ¿sí?

—Sí, para no perder tiempo por las mañanas decidiendo qué se van a poner.

—¿Usted es un hombre de negocios?

—No.

Ya sé que cuando la duda se instala, la policía se lleva algo o a alguien. Si no estoy segura de cuál de las dos camisetas idénticas llevaba, se llevarán las dos. Llevaba una. La otra estaba tendida en el respaldo de la silla, recién lavada. Ahora están las dos en el suelo. Me acerco. Una tiene que oler a detergente. *¡No, no toque nada! No puede tocar nada. Si no está segura, nos llevamos las dos.* Vuelvo a la cocina a sentarme. Veo cómo meten mis cosas en grandes bolsas de plástico, mis camisetas, mis toallas, la botella de ron con cocacola, mis bragas y mi libro, *Para acabar con Eddy Bellegueule,* la edición de bolsillo. Los elementos de prueba de la noche anterior.

Un elemento de prueba es un objeto incautado, precintado, conservado bajo autoridad judicial y necesario para la investigación que concretará la verdad en un caso penal.

Están buscando la verdad. Y yo estoy obligada a buscarla con ellos. La buscamos entre mis cosas. Precintan objetos de mi vida y las historias que contenían antes de esa noche se borran porque no aportan nada a la investigación. Ahora todo a mi alrededor es o un indicio del crimen o algo banal. Las verdades de antes no existen.

Me miro las piernas, ceñidas dentro de unas mallas que no son mías. Hace un rato la policía también se ha llevado mi pantalón. Y me han vestido con unas mallas que tenían tiradas en un armario de la comisaría. La ropa que te obligan a llevar es una humillación persistente. El Comandante entra en la cocina, coge una silla y se sienta enfrente de mí.

—Comandante, mis vaqueros, los que se han llevado, son mis favoritos. ¿Cuándo podré recuperarlos?

—No es el momento de pensar en los vaqueros, jovencita.

—Es que odio las mallas que me han dado. Me recuerdan a los vestidos que mi madre me obligaba a llevar.

—No es momento de pensar en eso, jovencita.

—Mi madre quería tener una foto de mí con un vestido. Una amiga suya vino una vez a comer a casa, llevaba un vestido con estampado de flores que me parecía muy bonito. Yo llevaba unos pantalones cortos con dos bolsillos con velcro a cada lado. Arriba solo llevaba un reloj blanco de plástico cuyo diámetro era tan grande que ocupaba prácticamente todo mi antebrazo. Tenía cuatro botones de colores y tamaños diferentes. Mi madre le hizo varios cumplidos al vestido de su amiga delante de mí, mirándome con insistencia, como si tuviese que deducir algo. Lo que se supone que tenía que entender estaba claro. Yo tenía un vestido parecido. Con un estampado de flores. Pero nunca había aceptado ponérmelo. Después de la comida, mi madre acabó atrapándome y poniéndomelo a la fuerza, y me colocó delante de la pared del jardín, al lado de su amiga. Hizo una foto. No lloré, no grité. Me fui. Me volví a poner el pantalón corto. Más tarde, unas amigas del instituto me preguntaron por qué nunca me maquillaba. *¡Vamos a maquillarla!* Aquella vez no corrí, no me resistí, dije vale. Me depilaron las cejas, me pusieron pintalabios, rímel y sombra de ojos.

—Vaya, vaya, vaya, vaya...

—Comandante... todavía lloro por eso.

El Comandante se levanta y sigue dando vueltas por mi piso. Cuando llega al cuarto de baño, me llama. La lavadora se abre por arriba. Dentro está mi ordenador portátil, del mismo color que el tambor, como camuflado. Casi no se ve. Pero el Comandante tiene buena vista. Me inclino sobre la lavadora, me agarro con las dos manos al borde para que mi cuerpo tembloroso se quede de pie. Jeanne está inquieta en el pasillo. *Hay una cámara en la calle que graba la puerta de entrada del edificio. Se pueden obtener las imágenes.* Acabo apartando la vista del ordenador para preguntar cuándo me devolverán mis cosas. Es decir, mis vaqueros favoritos. Esta vez no tengo la cabeza gacha y veo quién me habla, pero me responden en coro. *Los vaqueros es lo que menos te tiene que preocupar, jovencita.* Pero estoy casi segura de que es la cuestión más importante de todo este asunto. Son mis vaqueros favoritos. Son de un azul perfecto. El corte es perfecto. La longitud es excepcional. Ese azul ya se lo he intentado describir varias veces a varias personas, describirlo bien, pero nunca lo he conseguido. La perfección no se deja describir.

—Comandante, es que esos vaqueros son mis favoritos. No me gusta el tipo que me hacen estas mallas.

—Jovencita, no es momento de pensar en tu tipo. Necesito saber lo que pasó esa noche.

Acaban la inspección y nos vamos. Sentada en la parte de atrás del coche, bajo el faro giratorio en funcionamiento, pienso en las dos ovejas que viven en el campo al lado de casa de mi abuela y que me encantan. Pienso en el momento en que se entere de lo que he hecho, hasta qué punto la huerfanita se ha descarriado. Era previsible, pero no hasta ese punto, un delito son palabras mayores. Cuando se entere de lo que he hecho, se avergonzará de mí. Y las ovejas también.

Me sé las notas de las diferentes sirenas de la ciudad. Las de los bomberos son el si y el la, las de la policía el re y el la, y las de las ambulancias, el fa y el la. En la música hay escalas mayores y menores. Las melodías compuestas con notas de una escala menor suenan más tristes que las demás. Mi nota favorita es el si, que es la nota sensible de la escala de do menor. Todas las escalas menores tienen una nota sensible. Una nota que pellizca el corazón. Se sitúa sobre la nota fundamental, la nota principal de la escala. En música, lo sensible que nos pellizca el corazón está un poco más abajo del lugar sobre el que se construye toda la armonía de la pieza. Mis vaqueros favoritos son una nota sensible.

El Comandante también se ha equivocado de lado para abrir el frigo. Tenía hambre. Ha tirado del lado equivocado de la puerta. Le ha molestado descubrirlo vacío. Después de todo eso, tenía mucha hambre.

PREGUNTA: ¿Había rastros de pelea cuando llegaste a su piso?

RESPUESTA: No vi rastros de pelea.

PREGUNTA: ¿Cómo se comporta con los chicos?

RESPUESTA: No lo sé, estuvimos juntas un año. Solo puedo decir que prefiere las chicas.

5.

¿En qué momento cambió?

No lo sabía, pero está terminantemente prohibido aparcar delante de una comisaría, *¡Circule, circule! ¿Qué coño haces? ¿Qué quieres, que te enchirone?* El paso del usted al tú se hizo en un instante. Y cuando me gritó, yo, que en circunstancias normales me hubiese puesto a temblar por haber infringido las reglas, le contesté subiendo el tono, casi en estado de cólera, *¿Qué pasa? ¡Que tengo cita! ¡Dígame dónde aparco en vez de gritarme!* Estoy confundiendo a los representantes de la ley.

El segundo piso de la comisaría es un largo pasillo que da a oficinas todas iguales cuyas puertas abiertas permiten intuir con facilidad los gustos e intereses de quienes las ocupan. Al Comandante le gustan Córcega, Jack Bauer y los miniventiladores de pinza sujetos a la pantalla del ordenador. A diferencia de sus compañeros, tiene un sofá de tres plazas de cuero rojo a la izquierda de la puerta. Siempre está abarrotado de sobres grandes de papel kraft con apellidos escritos. El mío, el que lleva mi apellido, el de mi padre y el del padre de mi padre, todavía está en su escritorio y no sé si significa que mi caso avanza más o menos que los demás. ¿Los sobres están primero en el sofá y luego en el escritorio? ¿O es al revés? Sea lo que sea, nunca hay sitio para sentarse en el sofá, aunque no parece que esté ahí para eso.

¿En qué momento cambió?

El Comandante me lleva a la oficina de Carole. Ella se ocupa del caso, como él. La primera vez que la vi ni me inmuté. Vapea con ganas y le da órdenes a su compañero, un hombre tímido y discreto, casi tembloroso. Antes de hacer algo, él lo anuncia en voz alta y espera su aprobación.

—Voy a por las cintas de vigilancia de la calle.

—Sí, vale, pero llévate el disco duro, el de 4TB.

—Ah, ¿sí?

—Sí, Luc, sí.

Luc se va y vuelve poco después porque se le ha olvidado el disco duro. Luc se va y vuelve poco después porque se le ha olvidado el abrigo. Luc se va y vuelve poco después porque se le ha olvidado el móvil.

Este tío es un desastre.

Aunque Luc se subiese al escritorio del Comandante, no parecería más espabilado. Los gatos se suben a las mesas para vigilar mejor su territorio y yo hace mucho tiempo que llevo a cabo esta práctica para pensar mejor. Me ponía de pie en el escritorio, esperaba a que mi mente accediese a nuevas ideas. En los inicios del cristianismo, los eremitas se subían a lo alto de una columna para practicar una ascesis extrema y acercarse a los dioses. Más allá del gato territorial o del eremita religioso, quizá sea una fértil práctica de meditación. Podría llamarse *el pensamiento de pedestal.*

Luc se va y vuelve poco después porque se le ha olvidado el trozo de papel en el que está anotada la dirección de una de las cámaras que nos grabó aquella noche. Vuelvo a recorrer ese camino en mi mente. Lo recorro imaginando las diferentes imágenes. Visualizo un muro de pantallas que representan las esquinas, el banco del parque, las escaleras en las que estaba sentada cuando todo empezó. Imagino que se podrían ver todos mis desplazamientos. Me lo imagino y la idea me produce gotitas de sudor en la nuca. Seguro que hay ángulos muertos, zonas que las cámaras de vigilancia no cubren. Me pregunto dónde estarán los ángulos muertos de aquella noche. Y si se llevarán con ellos las pruebas de mi culpabilidad.

Luc se va y no vuelve. Luc se parece a Mika. Con menos músculo. Cuando estoy con Mika, siempre miro con interés, casi con ternura, o quizá otra cosa, la tela de la manga corta de su camisa, tirante alrededor del músculo. Parece que el dobladillo se vaya a desgarrar en cualquier momento. El azar o una especie de coquetería hace que caiga inevitablemente en el lugar preciso donde el diámetro de su bíceps es más impresionante. En la cintura de los pantalones de un gris tan banal que es indescriptible, bien a la vista, lleva siempre guardado en una funda negra su Glock 45. Al otro lado lleva un portacargador doble. El arma y las municiones presiden las extremidades de su cintura y destacan el contoneo de la pelvis. Desde hace unos meses, Mika es mi monitor de tiro en la armería, en la calle Jeanne-d'Arc.

Carole pulsa el botón de su cigarrillo electrónico y le da una calada, se coloca el pelo hacia atrás, bebe un sorbo de café, abre la ventana. Vuelve a dar una calada. Retoma el acta, me ofrece un café, vuelve a colocarse el pelo hacia atrás, cierra la ventana, vuelve a dar una calada, mis respuestas la ponen nerviosa, hurga en una pila de carpetas. Insiste, no le satisfacen mis respuestas. La historia no está del todo clara, dónde estaban las manos, los movimientos de los cuerpos, no está claro. Carole me informa entonces de que no soy la única persona que interrogan desde el inicio de la investigación. Jeanne ya ha escuchado a Géraldine y a Lola. Mi historia de amor con Lola era así:

Si llegase el fin del mundo,
y la Tierra fuese un campo de riscos
sé que entre cientos,
elegiríamos el mismo,
para buscar cobijo.

Así nos amamos Lola y yo. Primero fui muy feliz y luego me pregunté qué tenía de bueno elegir el mismo risco.

—¿En qué momento cambió?

—¿Sabe esos momentos en los que una acaba gritando lo que al principio solo susurraba?

—Mmmm... No.

—Una vez vi algo así en la calle. Un padre iba en bici, seguido por su hijo, y delante de una panadería dice, *Ah, mira, no había visto que aquí había una panadería*. El hijo no oye lo que dice el padre por el ruido de la ciudad y el casco que lleva. *¿Qué?* El padre repite más alto. *No había visto que aquí había una panadería.* El hijo sigue sin oír nada. *¿Qué?* El padre repite una tercera vez, todavía más alto. *No había visto que aquí había una panadería. ¿Qué? ¡NO HABÍA VISTO QUE AQUÍ HABÍA UNA PA-NA-DE-RÍA!* Y el padre acabó gritando a pleno pulmón una reflexión banal que al principio había dicho bajito, casi para sí mismo. ¡Ja ja!

—¿Quiere hacer una pausa?

—Durante mucho tiempo esperé convertirme en chico, porque creía que era la única manera legal de estar con una chica. Me enamoré por primera vez con ocho años. Charlotte les daba órdenes a todos los niños y niñas que gravitaban a su alrededor. Tengo un problema con la autoridad. No es un problema de intolerancia, no, sino de atracción. Una tarde, después del colegio, corrí a la habitación de mi hermana para darle la noticia más importante de mi vida. *Estoy enamorada de Charlotte. Estoy enamorada de Charlotte. Estoy enamorada de Charlotte.* Casi al instante, a mi hermana se le transformó la cara, parecía que hubiese mordido un limón con ganas. *No puedes estar enamorada de*

Charlotte, me respondió. Y aunque no dudaba de la belleza de mi descubrimiento, ahora tampoco dudaba de su fealdad. Corrí a esconderme detrás del sillón de su cuarto. Sentía tanta vergüenza que no podía cruzar el pasillo a cara descubierta para ir hasta mi habitación y arriesgarme a encontrarme con mi padre. Miré a mi alrededor para buscar un escondite, desaparecer lo antes posible. Me acuclillé detrás del sillón y metí la cabeza entre las piernas. Me balanceaba un poco y apretaba la frente contra el terciopelo. No salí de mi escondite hasta la hora de cenar. Nunca he pasado tanta vergüenza en mi vida. Después de eso mis oraciones cambiaron. De niña, cada noche, al acostarme, pensaba en deseos que tenía. Solía desear no olvidarme del estuche al día siguiente porque sabía que no estaba en la mochila y no quería levantarme para meterlo. Era consciente de que mi misión no era urgente, así que aceptaba no realizarla. Cuando me enamoré de Charlotte, empecé a desear lo mismo cada noche. Ya no me preocupaba olvidarme el libro de Historia y esta vez consideraba que mi súplica era la misión más importante del universo. *Haz que mañana me convierta en chico.* Charlotte y yo teníamos que poder amarnos sin que los demás nos mirasen con cara de acidez. Era indispensable.

—¿Por qué tenía el ordenador en la lavadora?

Luc entra y le dice a Carole que en la cámara que graba mi calle no se ve la entrada al edificio. Pero ha conseguido las imágenes de la plaza de la Bastilla, las de delante de la panadería y las de delante del cajero. Y espera poder recuperar las que dan al parque.

—... (una calada).

—... (cabeza gacha).

—... (respiración).

—... (puños cerrados).

—... (un sorbo de café).

—... (una uña casi limpia).

—Bueno, vamos a empezar desde el principio. Tenemos que hacerle un informe al juez de instrucción, ¿sabes? Y para que te vaya bien, necesitamos pruebas de que no querías que ocurriera.

Estaba sentada en las escaleras de la plaza de la Bastilla con Géraldine cuando un hombre vino a hablar con nosotras. Después, en el parque, me rodeó con el brazo y entonces le dije, *Soy lesbiana*. No movió el brazo. Apoyé la cabeza en su hombro.

Estaba sentada en las escaleras de la plaza de la Bastilla. No quería que ocurriera. Un hombre vino a hablar con nosotras. No quería que ocurriera. Después, y no quería que ocurriera, en el parque, me rodeó con el brazo. No quería que ocurriera. Le dije, *Soy lesbiana*. No quería que ocurriera. No movió el brazo. No quería que ocurriera. Apoyé la cabeza en su hombro. No quería que ocurriera.

Antes de entregarse a la policía, ¿los delincuentes preparan su defensa? Llegué a la comisaría unos veinte minutos después de los hechos. ¿Tuve tiempo de pensar en mi defensa?

En la oficina de Carole, hace cinco horas que una pregunta sigue a la otra. La educación pública me enseñó esto: hay respuestas correctas y respuestas incorrectas. Y yo doy las incorrectas.

En 1.º de ESO me siento al lado de Hélène, que me deja copiar. Solo es mi amiga por esa razón. Aparte de eso, no me interesa. La víspera de los dictados no duermo porque me aterroriza lo que me espera. La ortografía es una humillación. Un día, antes de que nos devuelvan los exámenes corregidos, se lo digo a Hélène, ruborizada de alegría y emoción, segura de que mi valentía me hará justicia, le digo a Hélène que esta vez, esta única vez, no me he copiado. Lo he intentado yo sola. Tengo que poder. Confío en mi capacidad. El profesor Alibert, que nació en la misma calle que Marcel Proust y nos los cuenta cada vez que tenemos clase con él, me deja el examen sobre el pupitre. En rojo, a la izquierda de mi nombre está escrito -7. Debido a mi mediocridad, el profesor se ha visto obligado a crear un espacio nuevo, menos que cero. No volví a mirar a Hélène a los ojos. Todavía lloro por eso. En cuarto de primaria, a final de curso, decido regalarle un ramo de flores a la maestra con una notita en la que escribo, *Prometo no volber a hacer una falta de hortografía*. Los adultos a mi alrededor y alrededor del ramo se rieron mucho ese día. Todavía lloro por eso. A los que no entienden que alguien llore por una mala nota en el colegio se les daba bien el colegio.

Carole no está satisfecha de mis respuestas y me manda a la oficina del Comandante. *No soy experta en hombres, ¿sabe? Además ya le he contestado todas las preguntas a Carole.* Entonces, el Comandante se luce. *Bueno, a ver, tampoco es que nuestra Carole sea una experta en hombres.*

—Comandante, ¿sabe algo de mis vaqueros?

—Vaya vaya vaya vaya...

En el instituto, obligada a constatar que el Cielo no se dignaba a convertirme en chico para poder amar a Charlotte legalmente, empecé a suplicar despertarme convertida en una chica normal a la que le gustan los chicos. Ya estaba preparando mi defensa.

6.

La cita se concertó a una velocidad inquietante. Supongo que llevaba tiempo esperándome. Mi caso le interesa. En su oficina, Abogado I. lleva zapatillas de seda gris con el dedo gordo separado, como las de los surferos. *Da un paso hacia el futuro con los botines de surf de puntera partida.* El dedo gordo separado evita que la zapatilla se tuerza cuando se inclina en lateral. Pero Abogado I. no practica deportes de tabla. Lleva una camisa de cuello mao de color verde manzana. Fuma mucho y come muchos caramelitos de menta, que nunca se olvida de ofrecerme. Todo esto le da un aire de surfero comunista adicto a los pitis.

Yo huelo a alcohol. Tengo un walkie-talkie en el bolsillo de la chaqueta negra y le doy vueltas al botón por inercia. Se me ha vuelto a olvidar dejarlo. Suelo empezar a mediodía. A veces a las diez de la mañana. Cuando llego al vestuario, elijo una taquilla para la jornada. Hay de varios colores. Los más veteranos tienen la suya propia, con candado de por vida. Diez años de servicio no me convierten en veterana. El primer año creía que conseguiría ascender fácilmente. Dos años para el contrato indefinido y tres años más para convertirme en jefa de equipo. Los jefes tienen una funda para engancharse el walkie-talkie al cinturón y una chapa con su nombre en vez de un pin anónimo al que siempre se le acaba rompiendo el broche, y entonces te tienes que inventar estrategias absurdas para sujetarlo a la solapa. Creía que conseguiría ascender fácilmente hasta que tuve la tercera conversación con un compañero.

—Menos mal que ayer le dije a mi colega que no iba a la partida de futbolín. Baba me ha llamado para una sustitución.

—¿Nunca haces planes por si te llaman para una sustitución?

—No, mejor estar siempre disponible, sé que Radja se va pronto y podrían darme su contrato indefinido.

—¿Cuánto llevas con el contrato temporal?

—Diecisiete años.

Por las mañanas, antes de que yo llegue, Baba me cuelga en una de las taquillas una chaqueta cubierta con un plástico que parece que salga de la lavandería. Pero el olor y los clínex usados que me suelo encontrar en el forro cuentan una historia totalmente diferente. Los bolsillos están agujereados, así que tengo que esconderme en el pantalón la novela que no me dejan leer, pegada a la barriga (antes de colocarla me estiro bien la camiseta para que la piel no se me hiele con la portada fría), y en la bota el teléfono que no me dejan utilizar, el maléolo se me pone rojo. Ahora, cuando salgo, siempre me guardo el libro en ese mismo lugar. Me acuerdo de esa escena de un duelo en una película. Dos hombres con el pelo largo y recogido con una cinta de seda, uno enfrente del otro. Las manos derechas de ambos sujetan un revólver. Suena un disparo y uno de ellos cae al suelo. Después de varios segundos sin moverse, se levanta y se abre la chaqueta: en el lugar del impacto, a la altura de su corazón, un libro ha recibido la bala. Le habían salvado la vida unas cuantas páginas. El último libro que llevé pegado a la piel, metido en mis vaqueros favoritos, era mi ejemplar de *Para acabar con Eddy Bellegueule:* «El escupitajo me fue resbalando por la cara, amarillo y espeso, como esas flemas ruidosas que se les atraviesan en la garganta a las personas mayores o a los enfermos, de olor fuerte y nauseabundo. Risas chillonas y estridentes de los dos chicos Mira, toda la jeta pringada el muy hijo de puta. Me resbala del ojo a los labios, hasta metérseme en la boca. No me atrevo a limpiármelo». Ahora mi *Eddy Bellegueule* está precintado. Después de ponerme la chaqueta, enciendo la radio y la sintonizo en el canal 7. Mi trabajo es una tesis del aburrimiento. Por radio, le pregunto al jefe de equipo de servicio a dónde tengo que ir. Son tres, Leonard, homófobo pero generoso con los descansos, Adil, que solo habla de sus varias técnicas de meditación, y Baba, que cada año piensa que estoy empezando la universidad y, si no, que estoy casada. El Museo de la Música tiene cuatro pisos divididos en dos zonas, lo que suma un total de ocho zonas para vigilar. A menudo hay un agente por planta, a veces dos. Cuando esto ocurre, utilizo técnicas para evitar que mis compañeros me hablen. La básica (y más eficaz) es no quedarse nunca en el mismo sitio. Estar siempre en movimiento. Un compañero charlatán solo es peligroso si consigue ponerse delante de ti. Yo intento que mi cara nunca sea un punto delante del cual se puedan parar. Incluso si han empezado la frase. A veces fracaso y me entero de que Gérard Depardieu era proxeneta en los cincuenta, cerca del aeropuerto de Burdeos, la primera base militar aérea ocupada por las United States Air Forces in Europe. Porque Daniel los conoció, a él, a Hendrix, a Hallyday, a Belmondo y al americano que hace claqué. Daniel era mecánico y coleccionista de coches antes de trabajar en el Museo de la Música. Cuando estoy sola en un piso y no corro el peligro de cruzarme con un compañero, releo cien veces las cartelas de los instrumentos, convencida de que una frase, aunque me la sepa de memoria, siempre puede enseñarme algo nuevo. Pero lo que más me gusta es imaginar un recorrido para escaparme de las cámaras de vigilancia. Hay que saber identificarlas y no confundirlas con los ojos de buey donde se ha fundido la bombilla. Trazo mapas mentales teniendo en cuenta la extensión que cubre cada una e intento pensar en un camino que las evite. A veces, los visitantes me molestan. Cuando un niño hace una pregunta a su madre o a su padre y este no sabe la respuesta, si está justo al lado del agente de seguridad, le dice en voz alta, *No lo sé, pero QUIZÁ OTRA PERSONA te lo puede decir.* Nunca colaboro. Sí, claro que conozco la diferencia entre un clavicémbalo y un piano, pero no estoy aquí para HACER ALGO ÚTIL.

En el bolsillo de la chaqueta, enfrente de Abogado I., le doy vueltas por inercia al botón de la radio que se me ha vuelto a olvidar dejar.

Ayer llamé a Lola para vernos, quería saber lo que le había dicho a Jeanne sobre mí. Lola es la persona más valiente dentro del cuerpo más frágil que conozco. Metro sesenta y ojos de dibujo animado, pero nada parece hacerla vacilar.

Intenta pensar en otra cosa.

Me deja una carta de visita sobre la mesa.

Abogado I.
Miembro del Colegio de Abogados
Calle Archives, 35. 75004 París
Tel.: 01.56.96.92.78
Fax: 01.48.90.01.56

Hace unos años, me inventé un juego que no sirve de nada. Piensas en una frase que crees que no dirás nunca en tu vida, y empiezas diciendo, *No es muy probable. No es muy probable que un día diga, He apuntado a mi hijo a bádminton este año. No es muy probable que un día diga, Bruno está de viaje esta semana, he dejado a los niños con mis padres. No es muy probable que un día diga, Mi banquero me adora. No es muy probable que un día diga, Le llamará mi abogado.* Pero la vida nos reserva sorpresas no muy probables. Abogado I. me avisa de que habrá que preparar mi defensa.

Lo más importante es confesar todo lo que podría ser amoral, pero por lo cual no pueden demandarme, el alcohol, la droga, el sexo... Eso tranquiliza a los policías. Hay que ser normal, no perfecto. Hay que dosificar. Abogado I. tiene una voz muy grave, ya sé cuál es su frase favorita y solo me ha hecho una pregunta.

Cada cosa a su tiempo.
¿Tiene amigos?

¿Mis amigos podrían ayudarme a probar que no quería que ocurriese?

PREGUNTA: ¿Desde cuándo sois amigas?

RESPUESTA: Desde hace diez años. Esta historia lo ha estropeado. A nosotros también nos impactó.

7.

No es culpa suya. Lo que me ocurre tampoco es fácil para ellos. Lo que me ocurre es difícil para ellos. La amistad es eso. Ayer los vi en una mesa de la terraza del bar al que siempre vamos. Me encasqueté un poco más la gorra y me la cubrí con la capucha de la sudadera que llevaba, de color lapislázuli, un azul particular que encontré en la sección de hombres. De las sesenta y cuatro sombras de azul que existen, al menos treinta nunca estarán en la sección de mujeres. No es un drama, pero al final acabo en la sección de hombres. Me acerqué desde la acera de enfrente, un poco camuflada y escondida. Suelo ir a este tipo de encuentros. La cadena de mensajes suele pasar por mí en algún momento. Le propuse a Sanna que nos viésemos, pero no tenía tiempo esa semana. Géraldine también estaba. No perdí a mis amigos de golpe. Pero los perdí.

Ninguna cámara grabó el parque aquella noche entre el 7 y el 8 de octubre. Es oficial. Luc informó a Carole delante de mí. Ni las cámaras quieren tener que ver con esta historia. Érase una vez, después de pasar la noche en una discoteca con Géraldine, nos bebimos la última en las escalera de la plaza de la Bastilla. Se acercó a hablar con nosotras. Más tarde, horas más tarde, me fui con él, fuimos a mi casa. Dejé a Géraldine con un amigo suyo que había venido.

En la pantalla de mi teléfono, sube y baja despacio una burbuja. La acompañan otras más pequeñas, cuestión de ambiente gráfico. Cuando la burbuja más grande está arriba o abajo del todo, resuena un sonidito como de campana. La aplicación se llama RespiRelax+ y ayuda a superar las crisis de pánico.

Géraldine no se hace responsable de nada de aquella noche. Por vergüenza, culpabilidad o cobardía, hace como si no hubiese existido. Mis amigos se meten en una gran bolsa de plástico. Mis amigos están precintados. Antes de irme con él, me di la vuelta por última vez hacia Géraldine. Sin querer, con esa última mirada, sembré en ella una culpabilidad que nunca me perdonará. Géraldine me abandona, se salva el pellejo. Mis amigos ya no son mis amigos. No ocurrió de golpe, pero ocurrió. Lo que me ocurre es demasiado difícil para ellos. Están conmocionados.

En la pantalla de mi teléfono, sube y baja despacio una burbuja. La acompañan otras más pequeñas, cuestión de ambiente gráfico. Cuando la burbuja más grande está arriba o abajo del todo, resuena un sonidito como de campana. La aplicación se llama RespiRelax+ y ayuda a superar las crisis de pánico.

En la pantalla azul claro de mi móvil, borro números de teléfono; sube y baja despacio una burbuja. La acompañan otras más pequeñas, no quería que ocurriese. Cuestión de ambiente gráfico. Cuando la burbuja más grande está arriba o abajo del todo, hay que seguirla con la mirada, inspirar, expirar a su ritmo lento. La aplicación se llama RespiRelax+ y ayuda a superar las crisis de pánico.

La aplicación se llama RespiRelax+ y ayuda a superar las crisis de pánico. En la pantalla, sube y baja despacio una burbuja. Es gratis.

La aplicación se llama RespiRelax+ y ayuda a superar la pérdida de amigos. Casi. Es gratis.

Numerosas lesiones traumáticas en todo el cuerpo, molestias en el cuello, recuerdo de acontecimientos, tristeza, dificultad de concentración, evitación y sentimiento de vergüenza. Se están llevando a cabo tratamientos otorrinolaringológico, osteopático y psicoterapéutico. Tras la evaluación clínica realizada hasta la fecha, el periodo de incapacidad laboral, fijado inicialmente en 21 días en el momento del primer examen, se ha fijado en 45 días desde el incidente. Además, el informe del psicólogo clínico hace referencia a un «traumatismo comparable al experimentado por los veteranos de guerra».

8.

Tengo un mensaje de Carole en el contestador. «Hemos arrestado a un hombre. Tiene que venir a identificarlo».

¿Qué ha decidido hacer con respecto a su consumo de alcohol?

Hay chicles de varios sabores. Ahora sé que los más eficaces son los de frutos rojos. Yo prefiero los de fresa. Y a veces frutos del bosque por el imaginario que evocan. Para evitar tener que hacer la cola en el supermercado para una compra tan insignificante, me organicé para saber cuándo abren y dónde están los últimos quioscos de mi barrio. Los vendedores de periódicos siempre tienen golosinas. Aunque los chicles de frutos del bosque estén malos, garantizan un olor fuerte y singular que cubre el del alcohol y mantiene alejados a los comisarios.

En la sala de espera del doctor O., enciendo RespiRelax+. Dos personas tienen una conversación.

—Me recuerda a mí cuando tenía su edad.

—Pero tenéis la misma edad.

—¿Y?

—Pues que no puedes decir eso.

—¿Cómo que no?

—No puedes decir *me recuerda a mí cuando tenía su edad* de alguien que tiene tu edad.

—¿Y por qué no? Precisamente, igual nos parecemos porque tenemos la misma edad.

—Pero esa expresión se usa para hablar de alguien que no tiene tu edad pero que se parece a ti cuando tenías su edad.

—¿Qué?

—Bueno, la cuestión es que ayer le dije a Pierre que teníamos que hablar más, que la comunicación es importante. Nos vino bien. Por fin nos sentamos a hablar.

—Qué bien. ¿De qué hablasteis?

—Pues de que era importante hablar más.

¿Qué ha decidido hacer con respecto a su consumo de alcohol?

Últimamente bebo mucho, es verdad. Ahora a escondidas. Bebo. Por las tardes, cada vez más temprano. El doctor O. se encarga de examinarme para que la investigación avance. Me recuerda que cuando llegué a comisaría, mi nivel de alcoholemia era de 0,6 gramos. Me entregué a la policía yo misma. Todavía borracha. Había bebido ron con cocacola en una botella de plástico toda la noche. Estoy delante del doctor O., huelo a fresa del bosque y reconozco mis errores.

—Va a tener que empezar a tener cuidado con su consumo de alcohol. ¿Consume droga a menudo?

—Nadie le preguntó a Ulises qué llevaba puesto cuando Calipso lo secuestró. Además, si hubiese vuelto ebrio, ¿habría eso cambiado algo de sus hazañas?

—¿Por qué no gritó cuando logró usted abrir la puerta la segunda vez?

Cuando era niña, me pasaba la mitad de las noches imaginando cómo salir de mi casa para salvarme si entraba un asesino en serie. Las habitaciones de mis hermanas estaban en el primer piso y la mía en el último, enfrente de la de mi padre. Esta distribución era perfecta para mi plan. Cuando el asesino llegase, los gritos de mis hermanas me avisarían del peligro y podría fugarme con mi padre por el tragaluz de mi cuarto. Después de verificarlo, sabía que podría pasar sin dificultad. Y ya le había tomado las medidas a mi padre, fingiendo que jugaba, *Hago de sastre. Te voy a hacer un traje a medida*. Cuando estuviese en el tejado, cerraría el tragaluz todo lo posible desde afuera para que el asesino no sospechase y no nos siguiese. Entonces pensaría por un momento en mis hermanas asesinadas. Desde arriba del garaje, con un salto de menos de un metro podríamos llegar a la cancela del jardín para escaparnos. Cada vez que veo una película en la que alguien tiene que salvarse, me pregunto en qué fase del guion hubiese fracasado.

No conozco con precisión la distancia de los diferentes trayectos que realicé aquella noche del 7 al 8 de octubre. Una buena atleta, una realmente competente, hubiese estudiado el itinerario con más atención. Pero en la carrera de una vida, a veces no puedes prever ciertas pruebas. Fueron los tres trayectos más importantes de mi carrera y los corrí desnuda, un colchón fue la línea de salida. Ahora sé que la distancia entre la cama y la puerta de entrada es más larga —30 centímetros— que entre la cama y la puerta del cuarto de baño, una puerta con candado. Un detalle importante que recalcó el Comandante. El punto de partida era fijo, el resto más bien desordenado. Corría con el cerebro cortocircuitado, así que mis decisiones eran más bien azarosas. Los científicos me apoyan en esto. Al principio la adrenalina y el cortisol fluían a espuertas y oxigenaban mis músculos y aguzaban mis neuronas. Después, oscuridad. Cuando crees morir, tu cerebro no reconoce la situación y ya no sabe parar la adrenalina ni el cortisol que, a grandes dosis, pueden matar el corazón. Solo hay una solución. El cerebro cortocircuita cuando piensa en el corazón. En mi pecho, el latido está protegido, pero el interior de mi cabeza es una caja en la que ya nada es identificable. Cuando crees morir, el «yo» cortocircuita. «Yo» no queríamos morir desnudas. La distancia que tenía que recorrer para escaparme de él me parecía siempre más larga que la que él tenía que recorrer para atraparme. En el terreno del miedo, las distancias son variables.

RESPUESTA: Quizá estaba intentando castigarse por algo.

9.

¿Por qué invitó a un hombre a su casa si es usted lesbiana?

Con la ropa que me pongo, suelo parecer un niño de diecisiete años. Pero tengo treinta. Hoy decido hacer un esfuerzo para ir al peritaje psicológico. Para aparentar mi sexo y mi edad. Para ser un poco coherente y tener la suerte de mi lado. Si estuviese casada, mi suerte se multiplicaría de golpe por diez. Así que se lo pedí a Judith, pero no funcionó.

—¿No quieres que nos casemos?

—Es muy de huérfana eso de querer casarse.

Judith tiene razón. Es verdad, me atrae mucho la idea de que alguien tenga que hacer trámites administrativos antes de poder abandonarme. A Judith le gusta que parezca un adolescente de diecisiete años, lo cual, me imagino, podría suponerle un problema si le hiciesen un peritaje a ella. Nunca dejaré de pedirle a Judith que se case conmigo.

La oficina de la Señora V. no se parece a como yo imaginaba la consulta de un perito. Los colores son cálidos y envolventes. Una enorme alfombra de tonos anaranjados pasa bajo su escritorio. Ha colgado varias fotos del desierto en la pared y hay figuritas desperdigadas por todas partes. Una varilla de incienso se consume. La Señora V. habla en primera persona del plural. *Primero vamos a revisar tu biografía, luego haremos un test de Rorschach y al final un test de inteligencia.* El programa lo ha diseñado ella, según los requisitos específicos de la investigación del Señor juez. Por ejemplo: para el robo de un coche, no es necesario que el perito evalúe el grado de afectividad del individuo. La carta del Señor juez está bien a la vista sobre el escritorio de la Señora V.

> *2. Identificar aspectos de la personalidad, determinar el nivel de inteligencia, el grado de afectividad y emotividad, la destreza manual y la capacidad de atención.*
> *4. Desde un punto de vista psicológico, describir los elementos individuales, hereditarios o adquiridos del temperamento y del estado de ánimo, los factores familiares y socioambientales cuya acción puede detectarse en la estructura mental, el grado de evolución y la capacidad de reacción de la persona.*

Estoy segura de que todas estas fotos del desierto son de Google Imágenes. Son vulgares. Antes de empezar, la Señora V. tiene que hacerme saber algo importante. Todo lo que se diga aquí podrá ser utilizado en mi contra en el momento del juicio. Si acaso se celebra un juicio. *Lo que quiero que entienda, señorita, es que si no quiere que se sepan ciertas cosas, es mejor que no las diga.* Me gustaría que no se supiese nada. Y la alfombra de debajo del escritorio eleva un poco las dos patas delanteras de mi silla. Es peligroso. La señora V. me enseña varias hojas con dibujos de manchas simétricas no figurativas que supuestamente representan a la madre, la orientación sexual, el padre, el animal o un baile... Tengo que interpretarlas. Sin pensar.

—¿Esto es el test de inteligencia?

—No, es el test de Rorschach.

—¿Me podrá avisar cuando hagamos el test de inteligencia para que me esfuerce?

La educación pública me enseñó esto: no soy inteligente. Estoy en el examen de recuperación. Antes de cada mancha de tinta, la Señora V. dice, *¿Qué ves aquí?* Si me fijo en un detalle que no se suele ver, quiere decir que a mi mente le cuesta sintetizar y, por lo tanto, me falta confianza en mí misma. Si me fijo en una parte alrededor de la mancha, quiere decir que soy inconformista y, por lo tanto, que soy propensa a los comportamientos agresivos.

—¿Qué ves aquí?

—Una chip de verdura.

No me fijo en nada.

Confío en mí.

Sin agresividad.

Tengo que admitir que la Señora V. es amable conmigo. Tierna incluso. Y me hace cumplidos sobre mi físico. Le parezco guapa. El tono insistente que utiliza parece querer decir que es importante que lo sepa. Soy guapa, es bueno para mi defensa. No hay respuestas buenas ni malas, pero aun así hay que evitar ciertas cosas. El silencio, lo primero. Pero peor que este, el sexo. Si voy a formular una representación sexual, más vale que le sigan al menos diez evocaciones de cosas más anodinas, como el deporte. Odio el deporte. Nunca hago deporte.

—¿Es usted homosexual?

—Sí.

—Pero ¿invitó a ese hombre a su casa para tener relaciones sexuales con él?

—Sí.

—¿Es usted bisexual?

—No.

—No está muy claro. ¿Tiene el recuerdo de que sus padres se quisieran?

Con diez años, repetía sin parar *Antes muerta que lesbiana.* Con treinta años, jugar a hacerme la heterosexual y volver a casa con un hombre para acostarme con él casi me mata de verdad.

Evite las representaciones de nubes, de sangre, de noche, de miedo, de muerte, etc., intente compensar entre representaciones humanas y animales, no dude en describir personajes o animales en movimiento (más los movimientos dinámicos: correr, saltar, volar, que los estáticos: dormir, agacharse), nunca interprete únicamente los colores y los espacios entre manchas, privilegie las respuestas precisas, no justifique nunca sus interpretaciones, salvo si le pido que lo haga.

La Señora V. me tranquiliza cuando dudo, *No se preocupe, solo es para verificar que no tiene un comportamiento desviado.* Eso me tranquiliza.

Al ver uno de los dibujos del test, sin saber qué es, Batman le pregunta a la doctora Chase Meridian, *¿Le obsesionan los murciélagos, doctora?* A lo que Meridian responde, *Es un Rorschach, señor Wayne. Creo que la pregunta sería: ¿le obsesionan, a usted, los murciélagos?* Desde hace años, los famosos dibujos del test se han filtrado en internet, lo cual ha irritado a muchos psiquiatras que aseguran que ahora las personas con perfiles psicopáticos pueden hacer trampa. Los psiquiatras son psicópatas que no hacen trampa. Me crio una abuela que decía que las trampas eran lo que le daba vidilla a los juegos. Hacía trampa para que yo ganase, por debajo de la mesa me daba las cartas más interesantes. Luego, cuando estuve lista, como un polluelo alzándose en el borde del nido, organicé mis propias trampas. Mi abuela se enorgulleció como una madre. En *Las vírgenes suicidas,* Cecilia Lisbon ve en las manchas de tinta un plátano, una ciénaga y un peinado afro. Yo vi una chip de verdura, los atentados del 11 de septiembre y un insecto de aspecto amenazante pero bueno en el fondo. Mi orientación sexual es una chip de verdura, o un insecto de aspecto amenazante pero bueno en el fondo, o los atentados del 11 de septiembre.

La Señora V. no utiliza ordenador, no hay entre nosotras una mecanografía torpe que me reconforte. En una hoja en blanco anota mis respuestas con una pluma estilográfica, todo calma y elegancia. Me observa con atención y anota el tiempo que tardo, la extensión de mis gestos, mis sonrisas, irónicas o sinceras. No tardará mucho en poder decir quién soy.

Soy lo que los demás piensan de mí. No.

Soy lo que pienso que los demás piensan de mí. No.

Soy lo que yo pienso de mí. Y no pienso nada bueno.

Los cuentos infantiles empiezan con un acontecimiento único. Érase una vez, no dos. Una vez, presenté una denuncia por violación. Después me preguntaron si tenía el recuerdo de que mis padres se quisieran.

10.

Pero ¿por qué llevaste a un tío a tu casa?

¿Sigues bebiendo mucho?

Los dos hombres estudiaron el camisón que llevaba K. y dijeron que ahora tendría que ponerse otro mucho peor, pero que se lo guardarían, lo mismo que el resto de su ropa blanca, y, si su asunto se resolvía favorablemente, se lo devolverían.

No sé qué decir. Sabes perfectamente que no hay una buena manera de reaccionar ante eso.

Seguramente estaba usted intentando castigarse por algo.

Así que es eso, dijo K. bajando la mirada.

No puede defenderse solo.

Es solo para verificar que no tiene prácticas sexuales desviadas.

No quedará bien, sr. K.

Si él le había metido la mano en la boca, no podía estar agarrándola.

11.

Dejó de violarme cuando me quedé inconsciente. Paró porque parecía que estuviese muerta. A veces todavía parece que lo esté.

PREGUNTA: Declara que usted la duchó. ¿Cuánto tiempo estuvo en su casa?

12.

No, no estoy en la luna. Mis pequeños pasos son pequeños pasos para todo el mundo, para la humanidad. No estoy en la luna, es otra cosa. Llevo un rato despierta. Voy a tener que sacar una pierna de la cama. Tardo porque cuando pisen el suelo, mis pies enviarán un dolor terrible a la zona lumbar. Antes de levantarme, miro el reloj para verificar que no es de madrugada. A veces pasa. 18:12. A veces también pasa. He dormido, creo, todo el día. Una siesta de campeonato. Mis siestas no me juzgan, no como yo, es relajante. Los días que no puedo dormirla, me siento a inventar historias para que mis ojeras tengan razones admirables de existir. Seguramente es jueves. Esta noche salgo, se lo he prometido a Lola y gracias a esa promesa me he ganado una siesta de campeonato. Cada noche me despierto a la hora que empezó la violación. La memoria corporal es así de intensa y poderosa. Es imposible hacer que se duerma. Cuando haya sacado una pierna y todo lo demás, tendré que lavarme. Últimamente he acusado mucho al frío y a mis escalofríos de mi aversión por la ducha. Después he pensado en la presión, anormalmente débil, del agua caliente. El fontanero vino la semana pasada, se había roto el regulador. Sopló dentro para demostrármelo. El nuevo cantaba como el viento, mientras que el antiguo hacía un ruido de cascabel. *Sí, es eso, ¿lo oyes?, está jodido.* Hice como que no había entendido nada para volver a verlo soplar por los tubos. *¿Qué ruido tiene que hacer cuando funciona?* El fontanero explicaba cada uno de sus gestos. Actuaba en voz alta. Al principio era reacia a ese señor que me explicaba cosas a domicilio, pero luego acabé con la cabeza entre una pared, su brazo y una parte del calentador para poder ver cómo lo hacía. La presión del agua volvió a la normalidad, pero sigo duchándome a regañadientes.

En su oficina, Jeanne hizo fotos de mi nuca y de las marcas de los diez dedos de él, incrustadas en mi piel. Todavía me acuerdo de cómo se tocaba el pelo. Jeanne solía echarse una preciosa mecha hacia atrás, y con la mano se hacía surquitos en el pelo. Nunca me atreví a preguntarle si me meé encima delante de ellos, cuando llegué. O antes.

La escena ocurre en un tren. Un hombre asoma la cabeza por las puertas de varios compartimentos. En el número diecisiete hay una mujer sola, él parece reconocerla. Entra y se sienta a su lado. La mujer mira por la ventana y no se inmuta. Él le toca el hombro para que se dé la vuelta. En el instante en que su cuello se gira hacia el hombre, este estira las manos y lo aprieta con todas sus fuerzas. El hombre estrangula a la mujer. Dura mucho tiempo. Ella forcejea un poco, se retuerce, se sujeta a los puños que la aferran. Se tarda mucho en estrangular a alguien. Se tarda menos en que te estrangulen. Cada vez que veo esa película, me pregunto por qué no se hace la muerta para que su agresor acabe soltándola.

Pero a ver, ¿es tonta o qué, por qué no se hace la muerta?

Ante la muerte, sientes una mezcla de pánico y de clarividencia. Iba a morir. Fue terrible lo sencillo que fue darme cuenta. Iba a morir aquel domingo por la mañana, estrangulada a manos de un hombre. Cuando hablo de eso, se me agarrota la nuca. La memoria corporal es así de intensa y poderosa. No vi una luz blanca. No vi nada a cámara rápida. Vi, una al lado de la otra, a todas las personas que quiero.

Así que te gustan las tías. Para gusto el que te voy a dar yo.

Sus frases. No he tenido tanta vergüenza en mi vida. Entre sus manos que aprietan están la evidencia y la confusión. Mientras una parte de mí ya aceptaba que moriría, me debatía y planeaba ardides dementes para sobrevivir. Hoy sigo en un filo entre la vida y la muerte, convencida de que cada segundo puede enviarme de un lado o del otro. Es agotador. Quizá es lo que llaman sobrevivir.

Así que te gustan las tías.
Para gusto el que te voy a dar yo.
¿Entiendes lo que te digo?
¿Vas a dejarte de gilipolleces?

Acercarse al fregadero, coger el estropajo, darse cuenta de que la parte verde se está despegando, darse cuenta un buen rato, pensar algo, olvidar qué, olerme los dedos, secarme con el puño el agua en la punta de la nariz, darle la vuelta al Fairy con un gesto casi exagerado, sacudirlo varias veces y apretarlo por en medio. Aparentar despreocupación me agota tanto como un esfuerzo físico. No se nota, pero cada uno de mis desplazamientos está perfectamente estudiado. Mi apariencia indiferente está al acecho. No, no estoy en la luna. Después de lavar los platos, hago una pequeña pausa en el reposapiés del salón. El relleno es bastante firme, evitará que ceda a otra de las, últimamente, frecuentes siestas. Iré a la tienda a por una cerveza y me la beberé. Compraré chucherías, de paso. Soy una niña, siempre lo he sido. Ahora soy una niña alcohólica. Dudo delante de las gominolas. Miro al tendero detrás del mostrador y me pregunto si tiene un arma escondida al fondo de un cajón. Yo tengo una en casa, una pistola, falsa. Me costó casi tanto como una de verdad. *La verdad no tiene más valor que la mentira,* me espetó rebosante de prepotencia el vendedor cuando le pregunté por qué había tan poca diferencia de precio.

La dificultad principal consiste en conseguir que el enfoque vaya del blanco a la mira y de la mira al blanco, y hacerlo rápido y de forma continua. Cerrar un ojo ayuda. Es más cómodo. Yo cierro el izquierdo. *El resultado de un tiro es la consecuencia de entrenar la técnica,* me dijo Mika, y esta frase me produjo la misma impresión que esta, *Cuando comes, tienes menos hambre.* El índice se coloca en el gatillo y lo aprieta hasta un punto de resistencia que se llama punto duro. El arte del tiro consiste en la capacidad de evitar que la mente presienta la detonación. *Cuando saltas en paracaídas, la puerta se abre, saltas, no entiendes qué pasa. La segunda vez empiezas a acordarte de todo, la puerta que se abre, el olor a queroseno, etc. Te cagas de miedo. A diferencia de la creencia popular, lo desconocido no da miedo.* El disparo tiene que sorprenderme. No anticipar el retroceso. Mika piensa en su cinturón para burlar la anticipación del cerebro. Su técnica es *Tengo toda la expiración para disparar, para no pensar en el disparo, me concentro en la sensación del cinturón contra mi vientre, cómo cada vez lo aprieta menos.* Miré su torso, la camisa un poco abierta. Una cadenita, poco pelo. Sin chaleco antibalas. Me imaginé el impacto de bala en su piel, las diferencias que habría con los impactos en el cartón, los desgarros. La sangre. Se apretaría la herida con las manos. Podría chillar, pero la ventilación del espacio de tiro, el espacio de iniciación al tiro, ahogaría sus gritos de auxilio. Cuentas hasta diez, inspiración, cinturón, olvidar la sensación de la explosión entre las manos. Imaginé su cuerpo cayendo, nueve, ocho, el impacto sacudiendo su cuerpo, cinco, cuatro, temblando. Esperando que el dobladillo de su camisa no se mueva de su sitio, alrededor del bíceps, que muera con el músculo acentuado, dos, uno. Colocar el dedo en el gatillo y apretar hasta un punto de resistencia. A partir de ahí, hacer una pequeña pausa y retomar el movimiento hundiendo el gatillo hasta el fondo esta vez. Entonces sale el disparo. No soltar el gatillo, bajar el arma, retirar el dedo índice, colocarlo en el cañón, como medida de seguridad, antes del siguiente tiro. Lo que más me gustaba entrenar era la estrategia de la posición de los dedos en la parte izquierda del arma, para controlar y evitar que se desplace cuando el índice aprieta el gatillo. Porque la mayoría de mis tiros llegaba al blanco un poco hacia la derecha de mi mira por la presión que ejercía con el índice derecho. El cargador en la mano, lo introduzco, me acerco el arma, pongo la mano por arriba, la cargo, la inclino, tiro de la corredera, abro un poco la recámara para verificar la presencia del dorado de la bala y asegurarme de que está bien colocada. Nunca me atreví a decírselo a Mika, pero una vez, un cartucho me dio en la frente. Me sentí humillada. Hice unos diez cursos en la sala de tiro Jeanne-d'Arc. Las balas que se disparan son reales. Podría dispararme en la cabeza. Sé que en la calle Jeanne-d'Arc puedo. Y me tranquiliza.

Pongo las latas y las gominolas de fresa en el mostrador, *¿Algo más?,* me pregunta el tendero. Nada más, por ahora no. Pero no por siempre. Habría que definir ese *algo,* ese *más*. No te vas a quedar conmigo, tenderito, a mí me han interrogado los más grandes. *Señorita, ¿algo más?* Si el Comandante viese cómo intenta tenderme una trampa, se pondría hecho una furia. Las preguntitas anodinas me las conozco bien.

¿La llave estaba en la puerta?

Si la llave se queda en la puerta, jurídicamente, no se trata de un secuestro. Aquella noche intenté escapar tres veces.

La segunda conseguí entreabrir la puerta, pero me atrapó (por el pelo) y volvió a cerrar la puerta (en la que se quedó la llave).

—¿Algo más, señorita?

—¿Por qué, eres policía?

Las preguntas se quedan en el terreno de la consternación. En ese lugar donde el cerebro blando y amorfo puede remodelarse y manipularse, las interrogaciones se arraigan fácilmente para convencerme: lo cierto es que soy, admitámoslo, un poco responsable.

El camión de la basura pasa por la calle, el tendero sale del mostrador. *Perdone, señorita, ahora vuelvo,* corre hacia las fantas de naranja, coge varias con los brazos y las pone en la acera, delante del puesto de frutas y verduras, para que las cojan los basureros sudorosos. Hacerse el buen samaritano puede ser una técnica para obtener información que le interesa. Mejor ser prudente.

—¿Algo más, señorita?

—Sí, señor. Pero el alcohol no es para mí, ¿eh? Las gominolas tampoco. Si me había metido la mano en la boca, no podía estar agarrándome. Hace tiempo que no como gominolas, soy una adulta normal. Y mis padres se querían cuando era pequeña. Me acuerdo. Nunca veo películas porno porque cuando tu madre se muere cuando eres pequeña siempre hay alguien bienintencionado que te dice *Estés donde estés, tu mamá te está mirando.* Soy homosexual, pero le aseguro que mis prácticas sexuales son de lo más normal. N. O. R. M. A. L., señor. En serio. Lo han dicho peritos cualificados.

De vuelta en el reposapiés del salón, abro una lata. Y el primer trago no me inspira ninguna poesía.

Unos días más tarde guardé el ordenador en la lavadora. Para que el recuerdo de aquel hecho no perteneciese solo a aquella noche. Para que nada pertenezca a aquella noche. Porque me hubiese gustado contestarle al Comandante, *Yo lo guardo ahí, ¿usted no?* Porque me hubiese gustado no tener que decirle nunca, *Cuando me desmayé, se tranquilizó. Al despertarme, me refugié en el cuarto de baño. Le escuché hurgando en mis cosas. Entonces me acordé del ordenador. Salí. Atravesé el pasillo pegada a la pared, sigilosamente, hasta la cocina. Cogí el ordenador, que se había quedado ahí, volví al cuarto de baño sin hacer ruido y lo escondí en la lavadora. Después de todo lo que había hecho, pensar que podía tocar mi ordenador me sacaba de quicio.*

Enciendo RespiRelax+.

Ya no llevo vaqueros.

Aprendo a vivir con una nota sensible agarrada al corazón.

La primera persona a la que llamé aquella noche, cuando por fin se fue, no me hizo ninguna pregunta. *Me da miedo que vuelva*. Solo contestó, *Lo sé*. Lola sabía, le había pasado.

Tengo que buscar el trayecto para ir a la fiesta. Enciendo el ordenador. No me acuerdo de cómo se llama la calle. Lo había escrito en mi motor de búsqueda, pero borro sistemáticamente mi historial desde que una vez tecleé «síndrome de Estocolmo». El que te mata está ahí en el momento más importante de tu vida. Estoy ligada a él más que a nadie por la intensidad del acontecimiento. La escala es menor y las notas sensibles me vuelven sospechosa. Es un crimen perfecto. Acabo la cerveza y paso unos minutos delante del espejo de la puerta del armario. Antes de salir tengo que reconciliarme conmigo misma. No hay que odiarse antes de salir. En el metro, en cuanto veo un hombre con la misma complexión, me siento al lado. No es masoquismo. Se puede mirar al vacío cuando tienes vértigo, una vez, dos veces, tres veces, imaginando que el miedo se atenuará si lo cansas. Pero no, no quiero cansar al miedo, porque miedos tengo muchos y es aterrador. No es miedo lo que está presente sin parar, es tristeza. Se levanta antes que yo y se acuesta mucho más tarde.

Plaza de la Bastilla. Llevaba mucha gomina. Me burlé de él. Se rio. Las personas que saben reírse de sí mismas me inspiran confianza. Vio mi libro por el suelo y se lo metió en la chaqueta, *Se te va a estropear si lo dejas ahí*. Hizo una broma sobre la portada, le dije de qué iba. En la sala de tiro,

Mika decía, *Verificas que la bala está en la recámara, lista para salir*. Se suele confundir la bala con el cartucho. La bala está en el cartucho, y cuando disparas, sale proyectada hacia el blanco, mientras que el cartucho vacío cae por un lado. Llego enseguida. Decido bajarme una estación de metro antes para caminar un poco. La burbuja sube y baja en la pantalla de mi teléfono. Mi apariencia indiferente empieza a desplegar la vigilancia en cada esquina. Utilizo el alcohol para aturdirla. Y a veces esnifo una raya de cocaína en la taza sucia del váter de unos baños públicos.

En el bar, hago rápidamente un balance de la situación. Evalúo el peligro. Lola se me acerca y me habla. Casi puedo seguir toda la conversación. A veces, de repente, en medio de una frase, salgo de la mirada del otro. Y luego no consigo volver. Una cosa me salvó la vida aquella noche. Me desmayé. Seguramente fue una fracción de segundo. Pero no estaba consciente cuando él paró. Me pregunto: cuando recuperas la consciencia, ¿retomas las cosas donde las habías dejado aunque no hayan acabado? ¿Cómo pude sentir que dejó de violarme? Espero algo que ya ha sucedido, sin mí, sin mi consciencia.

Perdí el conocimiento una fracción de segundo y eso me dejó descolocada de todo. Estoy a una fracción de segundo de vosotros. Antes de irse, notó algo en la chaqueta, *¡Ah! Tu libro, toma.* Lo dejó en mi escritorio y me pidió un pico. Me di cuenta de que la enfermera del Instituto de Medicina Legal estuvo a punto de darme un abrazo. Vino hacia mí cuando vomité delante de Urgencias, uno de los efectos secundarios de la profilaxis posexposición. La vi acercarse, abrir los brazos y cerrarlos. Miró a Lola y le dijo, *Que no se quede sola*. Luego acabó volviendo a abrir los brazos y me dio un abrazo. Para agotar la tristeza de unos, siempre queda la ternura de los otros.

Por la noche, en el bar, dejo de escuchar lo que Lola me está contando, presiento una silueta que se aproxima por detrás, estudio constantemente todo lo que se me acerca. Una mano se posa en el respaldo de la silla de Lola. Me tiro encima. La agarro y la empujo. Es James. Me disculpo. Los cigarrillos que salgo a fumar y la cola en el baño son mis cómplices cuando quiero que el tiempo pase sin estar de fiesta. Mis amigos están ahí, hace meses que no los veo. Los miro bailar.

Si él le había metido la mano en la boca, no podía estar agarrándola.

No me comí la mano de nadie. No maté a nadie. Pero tendré que defenderme porque soy culpable. Sin víctimas declaradas, no hay delito. Soy culpable de que el delito exista porque yo lo he revelado.

PREGUNTA: ¿Tiene algo que añadir?

RESPUESTA: Me gustaría verla lo antes posible para confrontarla. Está loca.

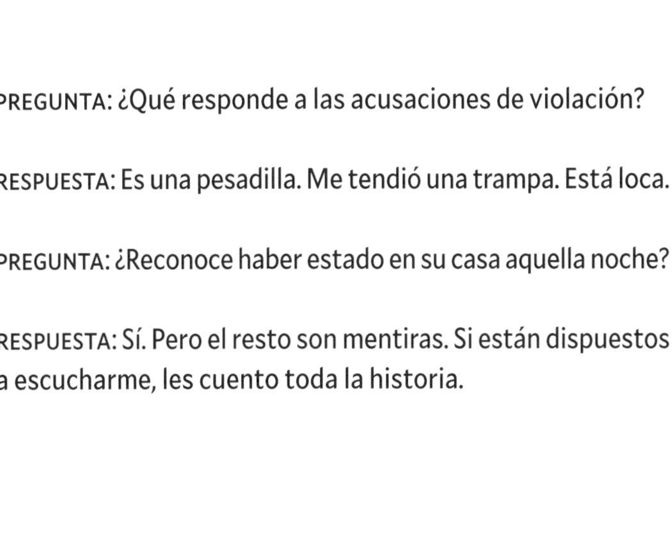

PREGUNTA: ¿Qué responde a las acusaciones de violación?

RESPUESTA: Es una pesadilla. Me tendió una trampa. Está loca.

PREGUNTA: ¿Reconoce haber estado en su casa aquella noche?

RESPUESTA: Sí. Pero el resto son mentiras. Si están dispuestos a escucharme, les cuento toda la historia.

13.

—No me dejan hablar contigo.

—Ya lo sé.

Sigue igual de delgaducho, se sienta a mi lado en el banco. Octubre es especialmente cálido este año. Me reconoce, a pesar de las ojeras y las mejillas hundidas. A pesar de los años que han pasado y de la gorra azul marino que llevo en la cabeza. No me la quito. Por cautela y por vergüenza. Es simple y muy práctico. Solo hay que inclinar un poco la cabeza y la extremidad de la visera suprime de tu campo de visión todo lo que hay por encima. Es decir, las caras de los viandantes, sus miradas y la posibilidad de utilizarlas para juzgarme. Ocurrió poco a poco. Me la ponía de vez en cuando, luego todos los días, y ahora me la pongo en casa. Me la compré en una librería. Una muy grande con merchandising. Tengo una gorra de Harry Potter.

—Tengo que contárselo. En realidad es simple. Coja un cuaderno. Tome nota, Comandante.

Si tuviese que llorar lo que la violación destruyó dentro de mí, lloraría toda la vida. Así que lloro cuando se me cae al suelo la tostada del lado de la mermelada. Lo que perdí aquella noche es inenarrable, así que sí, voy a llorar por mis vaqueros favoritos. Porque hacer el duelo de lo demás podría matarme. Al menos al principio. Puede que lo que perdí aquella noche se llame ligereza.En un principio prefiero pensar que tendré que aprender a vivir sin mis vaqueros favoritos en vez de sin ligereza. Ya no creo en nada. Y no hablo de creer en Dios o en el amor. No creo en el hecho de que una mesa con cuatro patas se aguante. Ya no estoy segura de que si pongo un objeto sobre una mesa, este no se caerá al suelo y se romperá al instante. Tengo que aprender a vivir sin esa simple certeza de que una mesa con cuatro patas se aguanta. Cuanto más simples y banales son las certezas, más difícil es vivir sin ellas.

—Chiquilla, tus vaqueros...

—Anote y ya está, Comandante.

Soy la víctima todavía viva de un delito. Complico las cosas.

—Anote, Comandante. Parece que no le va bien el boli, coja el mío.

—Ya casi es la hora, chiquilla.

—Tenemos unos minutos. No tardaré.

El cuerpo es un lugar del que nunca te vas. Puedo irme de una ciudad, de un país, dejar a una persona, o alejarme al menos. Pero cuando el acontecimiento ocurre en el cuerpo, en su interior, en el fondo de las tripas, estás condenada a vivir con él. El lugar donde todo cambió es también mi aparato digestivo, respiratorio, emocional, mental... El infierno de aquella noche lo conservaré siempre, porque el lugar mismo del delito me sirve para avanzar. Todas las mañanas le pongo sus zapatitos. Y el fondo de las tripas está cerca del corazón.

—Comandante, si el lugar del delito es tu cuerpo, ¿qué cree que ocurre cuando se pronuncia un *no ha lugar*?

—Bueno...

—Tenga, Comandante, ¿quiere un cigarro?

—Tenemos que irnos, chiquilla.

—Comandante, me gustaría pedirle un favor. Me gustaría meterle la mano en la boca y que entonces piense muy seriamente en esta frase:

Si él le había metido la mano en la boca, no podía estar agarrándola.

—¿Quiere, Comandante? Abra la boca. Venga. Haga un esfuerzo. ¿Le meto el puño y seguimos hablando tranquilamente?

—Espero que lo superes, chiquilla.

El Comandante se levanta.

La garganta se me estrangula sola.

—Comandante, una cosa, la última, dígale a su hijita que es muy peligroso denunciar cuando eres culpable. Dígale también que nació culpable.

El Comandante me sonríe. Le devuelvo la sonrisa.

Dejo el banco y camino por el atrio del tribunal. A lo lejos, Abogado I., con la toga torcida, me hace una seña. Plegado en cuatro dentro del bolsillo, un trozo de papel que agarro, en él he copiado a lápiz este fragmento de *El proceso,* de Franz Kafka, «Te engañas con respecto al tribunal, dijo el sacerdote. En los escritos de introducción a la Ley se dice de ese engaño: ante la Ley hay un guardián. A ese guardián llega un hombre del campo y le ruega que le deje entrar a la Ley. Pero el guardián le dice que no puede dejarlo entrar aún. El hombre reflexiona y pregunta si, entonces, podrá entrar más tarde. "Es posible", dice el guardián, "pero no ahora". Como la puerta de la Ley está abierta como siempre y el guardián se echa a un lado, el hombre se asoma para mirar por la puerta al interior. Cuando el guardián lo ve, se ríe y dice: "Si tanto te atrae, intenta entrar a pesar de mi prohibición. Pero ten en cuenta una cosa: soy poderoso. Y solo soy el más humilde de los guardianes. Sala tras sala hay otros guardianes, cada uno más poderoso que el anterior"».

Se levanta una brisa. Me encasqueto la gorra para que no se me vuele.

14.

Así que te gustan las tías.
Para gusto el que te voy a dar yo.
¿Entiendes lo que te digo?
¿Vas a dejarte de gilipolleces?

Ahora puedo contestarte.
Y te contesto.
Por voluntad propia.

Nunca jamás.